dick bruna

la fête de miffy

Editions Hemma

aujourd'hui miffy pompon

se lève de bon matin

elle attrape son savon

et se frotte partout, c'est si bon

dans son armoire elle choisit

une belle robe toute fleurie

joyeux anniversaire, miffy

tu as un an de plus aujourd'hui

papa et maman pompon

sont heureux et crient leur joie

pour miffy pompon

hip hip hip hourra

regarde ma chaise

elle est toute décorée

aujourd'hui je veux chanter

et danser toute la journée

et tous ces paquets

on dirait des cadeaux

ils sont pour moi ? c'est vrai ?

comme ils sont beaux !

une paire de ciseaux

et puis un beau sifflet

et tous ces crayons

c'est vraiment ce que je voulais

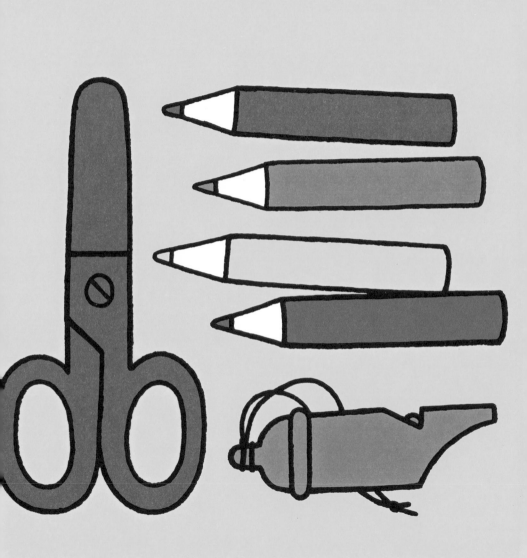

agathe et guillemette

sont venues l'après-midi

participer à la fête

de leur amie miffy

qu'est-ce qu'on rigole

quand on joue au ballon

on fait un peu les folles

mais comme c'est bon

le soir papy et mamina

sont arrivés aussi

mais qu'est-ce que ce joli cadeau

s'est écriée miffy

c'est un gros nounours

tout rond tout mignon

il dormira cette nuit

avec miffy dans son lit

c'est l'heure du grand dîner

regarde, papy, dit miffy

nounours veut manger

il fait la fête lui aussi

mais il se fait tard

miffy va au lit

notre amie dit bonsoir

quelle belle journée, merci

Titre original: het feest van nijntje
Texte original Dick Bruna © copyright Mercis Publishing bv, 1970
Illustrations Dick Bruna © copyright Mercis bv, 1970
Pour la présente édition © Hemma, 1999
Texte traduit du néerlandais par Paul Gellings
Publication sous licence de Mercis Publishing bv, Amsterdam
Imprimé en Allemagne par Sebald Sachsendruck Plauen
All rights reserved
N° d'impression: 4002.9903
ISBN: 2-8006-7185-8
Dépôt légal: 05.99/0058/112